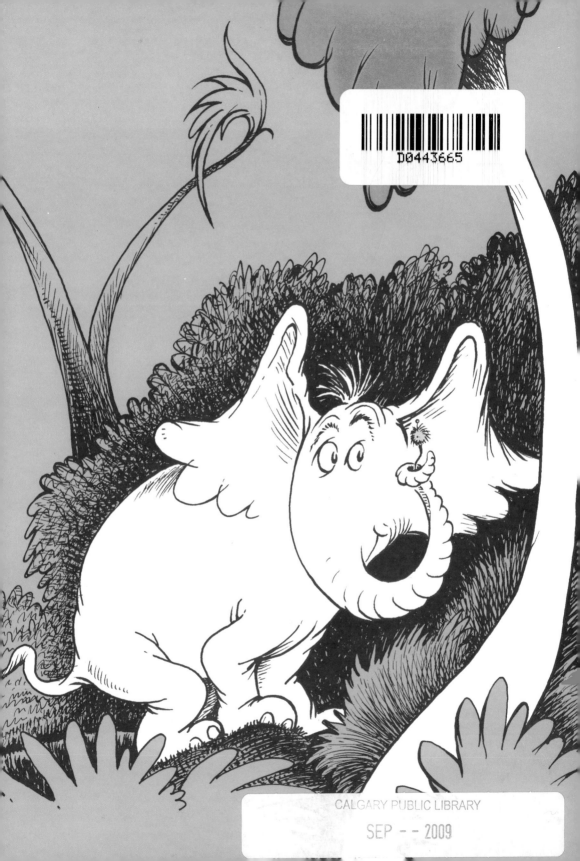

HORTON ENTEND UN ZOU!

Dr. Seuss

Traduit de l'américain par
Anne-Laure Fournier le Ray

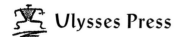

 Ulysses Press

Ulysses Press
P.O. Box 3440
Berkeley, CA 94703
www.ulyssespress.com

ISBN 978-1-56975-689-8
Library of Congress Control Number 2008906998

Printed in Malaysia by Times Offset through Four Colour Imports

10 9 8 7 6 5 4 3 2 1

Distributed by Publishers Group West

Pour mon cher ami
Mitsugi Nakamura
qui vit à Kyoto,
au Japon.

C'était un 15 mai, dans la jungle de Derche
Le soleil était bien chaud, l'eau était bien fraîche,
Et Horton l'éléphant… barbotait dans son bain…
Quand il entendit un petit bruit, presque rien.

Horton ne bougea plus. Mais d'où venait ce bruit ?

« C'est curieux, pensa-t-il. Il n'y a personne ici. »

Mais à nouveau, il l'entendit ! Un minuscule cri,

Comme si quelqu'un de tout petit avait besoin de lui !

« Je voudrais t'aider, dit Horton. Je ne veux que ton bien. »

Horton regarda partout, mais il ne trouva rien.

C'est alors qu'il aperçut un petit grain de poussière

qui flottait juste au-dessus de la rivière.

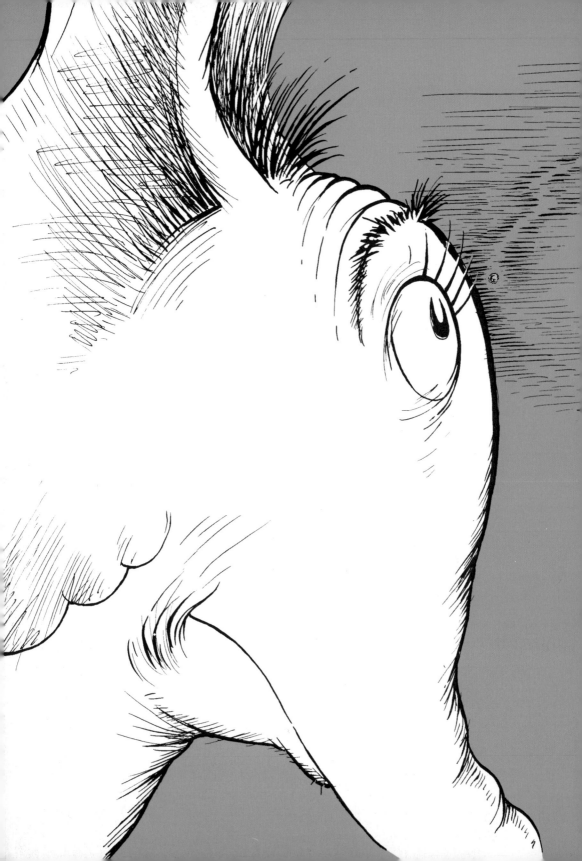

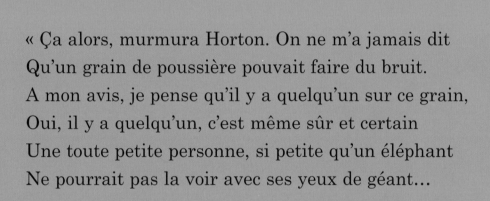

« Ça alors, murmura Horton. On ne m'a jamais dit
Qu'un grain de poussière pouvait faire du bruit.
A mon avis, je pense qu'il y a quelqu'un sur ce grain,
Oui, il y a quelqu'un, c'est même sûr et certain
Une toute petite personne, si petite qu'un éléphant
Ne pourrait pas la voir avec ses yeux de géant...

Quelqu'un de tout petit, qui tremble de peur,
Il va sûrement se noyer… Ah non, quelle horreur !
Quelle importance s'il est petit ou grand ?
Il FAUT le sauver, c'est un être vivant ! »

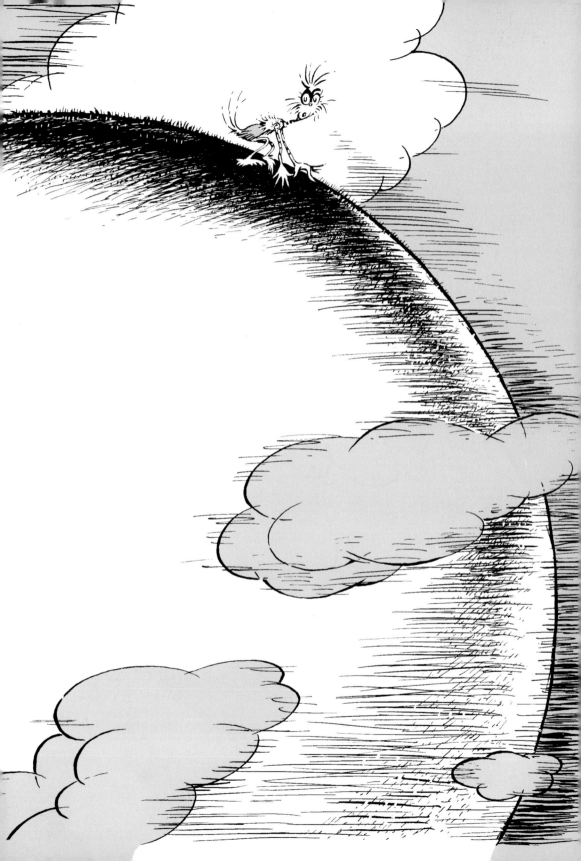

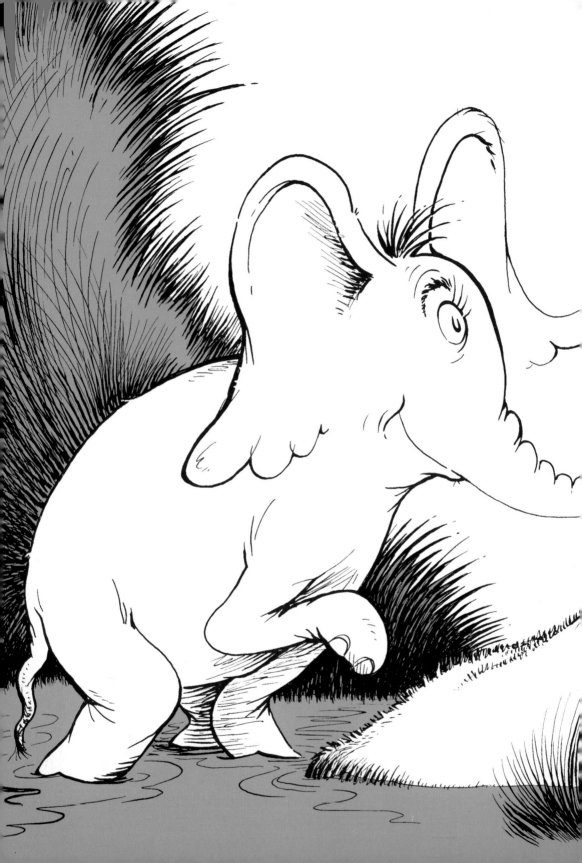

Alors, tout doucement, et sans remuer l'air,
Horton déroula sa trompe, prit le grain de poussière.
Puis, délicatement, et en baissant la tête,
Il posa le grain sur une pâquerette.

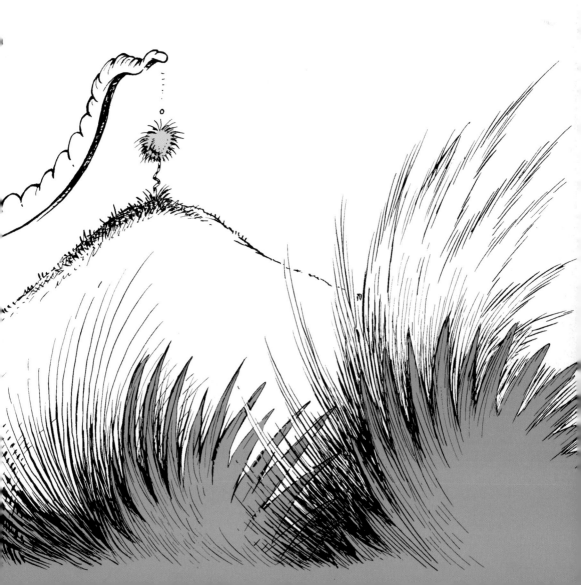

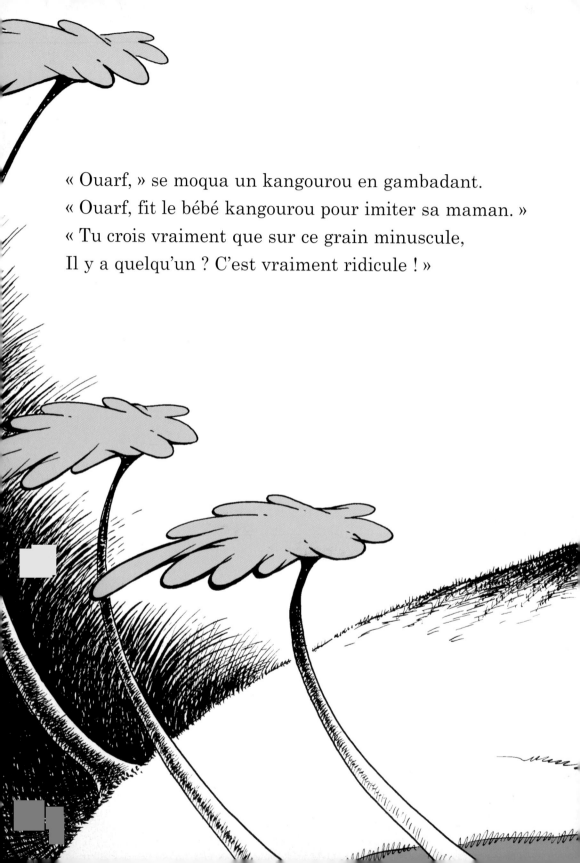

« Ouarf, » se moqua un kangourou en gambadant.

« Ouarf, fit le bébé kangourou pour imiter sa maman. »

« Tu crois vraiment que sur ce grain minuscule,

Il y a quelqu'un ? C'est vraiment ridicule ! »

« Crois-moi, dit Horton. Je te le dis franchement,
J'ai l'ouïe fine, je l'ai entendu clairement.
Je SAIS qu'il y a quelqu'un là-dedans. Et je crois
Qu'il y en a peut-être deux, peut-être même trois.
Peut-être même...

...une famille entière, si ça se trouve !
Avec plein d'enfants, une maman qui les couve.
S'il-te-plaît, dit Horton, fais cela pour moi,
Sois gentil avec eux. Ne les dérange pas ! »

« Tu es complètement fou ! ricana le kangourou en partant. »

« Foufou ! répéta le bébé pour faire comme sa maman. »

« Le plus fou des dingos de la Jungle de Derche ! »

Aussitôt, les kangourous se jetèrent dans l'eau fraîche.

« Ils ont tout éclaboussé ! cria Horton très inquiet.

Mes toutes petites personnes ont failli se noyer !

Je DOIS les protéger car je suis le plus grand. »

Horton cueillit la pâquerette et partit en courant.

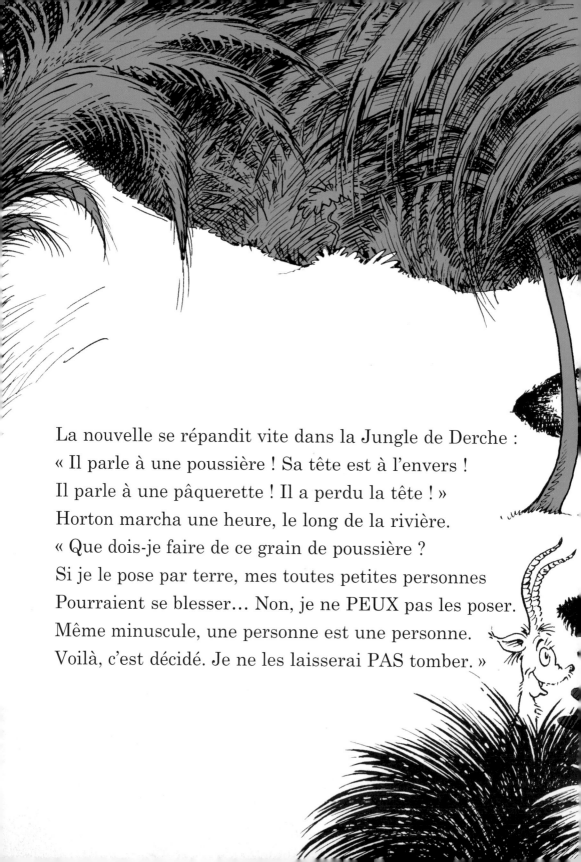

La nouvelle se répandit vite dans la Jungle de Derche :
« Il parle à une poussière ! Sa tête est à l'envers !
Il parle à une pâquerette ! Il a perdu la tête ! »
Horton marcha une heure, le long de la rivière.
« Que dois-je faire de ce grain de poussière ?
Si je le pose par terre, mes toutes petites personnes
Pourraient se blesser… Non, je ne PEUX pas les poser.
Même minuscule, une personne est une personne.
Voilà, c'est décidé. Je ne les laisserai PAS tomber. »

Puis Horton s'arrêta de marcher.

La poussière s'était mis à parler !

La voix était si faible qu'il l'entendait à peine.

« Plus FORT ! dit Horton. Répétez ça encore ! »

« Cher ami, dit la voix, tu es un ami en OR.
Tu nous as tous sauvés, nous étions en danger.
Tu as sauvé nos villes, nos maisons, nos planchers
Tu as sauvé nos rues et nos supermarchés. »

« Qu-quoi ? bégaya Horton. Vous avez TOUT CA là-dedans ? »

« Bien sûr, pépia la voix. Nous l'avons, assurément...
Nous sommes si petits que tu ne nous vois pas.
Je suis Maire d'une ville très mignonne et sympa.
Nos maisons te paraissent microscopiques
Mais pour nous, elles sont tout à fait pratiques.
Ma ville s'appelle Zouville, et moi je suis un Zou
Nous te disons Merci d'avoir fait ça pour nous. »

Et Horton répondit au Maire de la ville :
« Je m'occupe de tout, vous pouvez être tranquille. »

Mais, à l'instant où il prononçait ces mots,
Les trois frères Wickersham lui grimpèrent sur le dos !
Les singes hurlaient ensemble : « Il dit n'importe quoi !
Cet éléphant parle à des Zous. Mais ça n'existe pas !
Il n'y a PAS de Zous, cet éléphant est fou !
Et nous allons, sans rire, mettre fin à ce délire ! »

Sautant et bondissant, ils piquèrent la pâquerette
Et la donnèrent à un aigle nommé Bec Béquette
Un aigle aux longues ailes, qui pouvait voler loin:
« Pourriez-vous, cher ami, emporter ce machin ? »
Avant que le pauvre Horton ait eu le temps d'arriver,
L'aigle avait attrapé la fleur et s'était envolé.

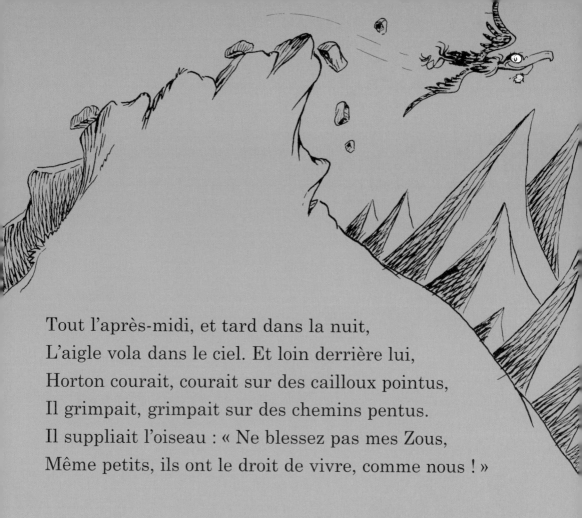

Tout l'après-midi, et tard dans la nuit,
L'aigle vola dans le ciel. Et loin derrière lui,
Horton courait, courait sur des cailloux pointus,
Il grimpait, grimpait sur des chemins pentus.
Il suppliait l'oiseau : « Ne blessez pas mes Zous,
Même petits, ils ont le droit de vivre, comme nous ! »

Mais sans se retourner, le grand aigle s'écria :
« Arrête de pleurnicher, je ne m'arrêterai pas.
Je volerai toute la nuit, par-dessus la forêt,
Je cacherai ce truc, tu ne l'auras jamais ! »

Et c'est ce qu'il fit, à 6 heures du matin.
Et comme il était rusé et sacrément malin,
Il lâcha la pâquerette au-dessus d'un champ...
... d'un champ de pâquerettes, évidemment !
« Trouve-la si tu peux ! ricana le grand aigle,
Mais d'après moi, tu n'y arriveras pas. »
Et flip, flap,
D'un coup d'aile,
Il s'envola.

« Je la retrouverai ! cria Horton. J'y arriverai, je le dis !
Je TROUVERAI mes amis, car je leur ai promis ! »
Et, sans plus attendre, Horton interrogea
Chaque pâquerette en criant : « Etes-vous là ? »
Mais, fleur après fleur, Horton comprit
Que sa pâquerette à lui n'était pas ici.
A midi, épuisé, le pauvre vieil Horton
Avait cherché partout, sans retrouver personne.

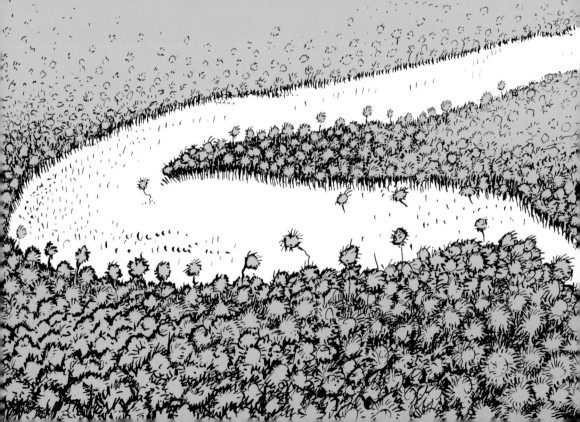

Soudain, alors qu'il ne s'y attendait pas,
Parmi un millions de fleurs, OUI, il la TROUVA !
« Mes amis ! cria l'éléphant. Voilà, je vous tiens !
Répondez-moi ! Allez-vous bien ? N'avez-vous rien ? »

De tout en bas, la voix du Maire répondit :

« Nous avons vraiment eu de TERRIBLES ennuis !
Quand ce vilain oiseau nous a laissés tomber,
Le choc fut si violent que tout s'est fracassé :
Nos horloges arrêtées, notre vaisselle brisée !
Nos parapluies cassés, nos bicyclettes crevées !
Cher ami, s'il-te-plaît, supplia la voix du Zou,
Voudras-tu bien veiller sur nous,
Pendant que nous réparons tout ? »

« Bien sûr, répondit Horton. Vous avez beau être petits,
Je veillerai sur vous le jour comme la nuit ! »

« Ouarf !
ricana le grand kangourou ! »
« Depuis presque deux jours, tu cours comme un fou,
Tu discutes tout seul, tu inventes des Zous.
Tu mets le bazar dans notre jungle paisible.
Ca ne peut plus durer, cela devient pénible.
Alors je viens te dire, couina le kangourou,
D'arrêter ces histoires à dormir debout. »
Et le bébé kangourou répéta : « Boubou ! »

« Nous avons appelé les trois frères Wickersham,
Et leurs oncles, et leurs cousins, et leurs femmes,
Et leurs beaux-frères… Nous leur avons demandé
De t'attraper, de t'attacher, de t'enfermer.
Et ta boule de poussière riquiqui toute petite,
Nous la ferons bouillir dans une grande marmite. »

« Bouillir ? cria Horton en bégayant.
Oh non ! Vous allez les tuer !
Je vous dis qu'il y a plein de gens !
Et je vais vous le prouver ! »

« Monsieur le Maire ! cria Horton. Monsieur le Maire !
Vous allez devoir prouvez que pour de vrai, vous existez !
Rassemblez tout le monde, les hommes, les femmes, les
enfants.
Faites les crier, brailler, hurler. Faites-nous un cri géant !
Si les Zous ne prouvent pas qu'ils existent,
Ils vont finir dans une grosse marmite ! »

En bas, dans la boule de poussière, le Maire effrayé,

Rassembla tous les Zous sur la Place du Marché.

Et de toutes leurs forces, ils crièrent d'une seule voix :

« Nous sommes là ! Nous sommes là ! Nous sommes là ! »

Horton fut tout content : « Quel beau cri, les Zous !
Vous les avez entendus, n'est-ce pas les kangourous ? »
« Rien du tout ! répliqua le kangourou.
Tout ce que j'ai entendu, c'est du vent.
Tu vas arrêter tes histoires, maintenant ? »
Et le bébé kangourou répéta : « Nan-nan ? »

Et les deux kangourous crièrent : « Attrapez-le !
Prenez des cordes ! Attachez-le ! Faites des nœuds !
Serrez-les bien fort pour qu'il ne puisse pas s'enfuir,
Et cette boule de malheur, on va la faire bouillir ! »

Horton se défendit aussi longtemps qu'il put
Mais contre l'armée des Wickershams, il fut vaincu.
Les singes le bousculèrent, le tapèrent, le griffèrent,
Mais Horton se mit à crier : « Monsieur le Maire !
N'abandonnez pas ! Continuez à crier !
Vous avez beau être petits, il ne faut pas céder !
Je vous en prie, mes chers amis,
Faites du BRUIT, faites du BRUIT ! »

Le Maire saisit un tam-tam. Il tambourina dessus.
Et tous les Zous se mirent à faire du raffût.
Ils tapèrent sur des casseroles, sur leurs vieilles poêles,
Sur les boîtes de conserve et aussi leurs poubelles.
Ils firent péter des pétards, appuyèrent sur leurs klaxons,
Soufflèrent dans les clarinettes, les flûtes et les trombones.

Le vacarme était vraiment assourdissant,
Cela faisait kling, dong, bam, boum, vlan.
Le Maire s'époumona à travers ce boucan :
« C'est bon, Horton ? C'est assez fort, maintenant ? »

Horton répondit : « Moi, je vous entends très bien.
Mais les kangourous n'entendent toujours rien.
Etes-vous sûr que TOUT LE MONDE chez vous
A fait du bruit, a crié, a hurlé comme un fou ?
Est-ce que TOUT LE MONDE a participé ?
Vite, fouillez votre ville, il faut bien vérifier ! »

Le Maire courut partout, il chercha tous les Zous,
Chacun faisait du bruit et braillait comme un fou.
Tous les Zous semblaient hurler ou hululer,
Tous les Zous semblaient sonner ou siffler.
Mais ce tinta-tintouin, ça n'était pas assez.
Il fallait trouver quelqu'un pour en rajouter.
Alors le Maire continua de chercher !

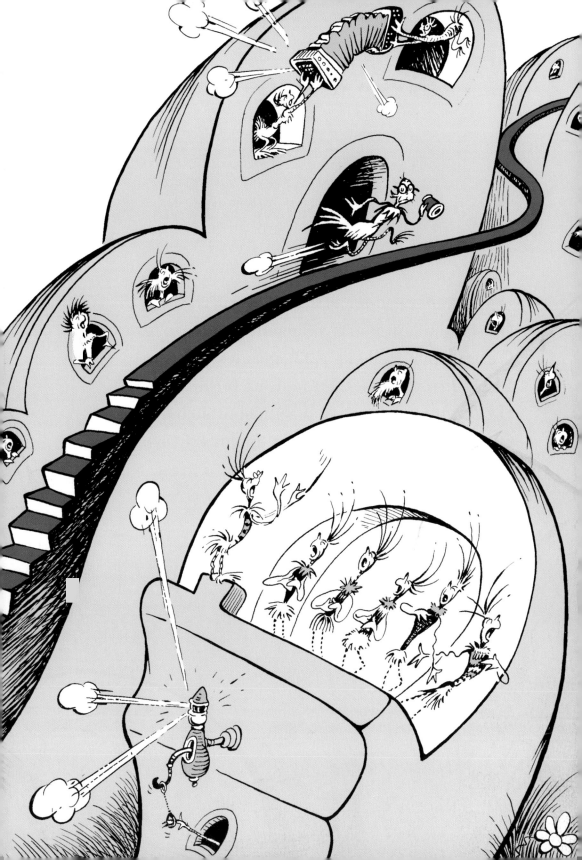

Il allait abandonner, il était désespéré,
Quand soudain il arriva devant une porte fermée.
C'était l'appartement 12-J, chez les Martin,
Et là, il trouva quelqu'un qui ne faisait rien !
Un Zou tout riquiqui, qui s'appelait Jojo,
Qui, au lieu de faire du bruit, jouait au yoyo !
Le Maire fonça sur lui et l'emmena au trot.

Il escalada la Tour Zoufel avec le petit :
« L'heure est grave, mes amis ! Nous jouons notre vie !
Pour sauver ce pays, il faut faire PLUS de bruit !
Un bruit saisissant, impressionnant, époustouflant !
Toutes les voix vont compter, même celles des enfants ! »

Arrivé au sommet, le Maire s'arrêta. Et tout le monde cria.
Le petit ouvrit le bec... et il couina un tout petit... « Hep ! »

Et ce Hep...
Ce minuscule Hep, ce petit Hep en plus avait suffi !
Enfin ! Le grain de poussière avait fait du bruit,
Un bruit que chaque animal de la jungle entendit.
Horton sourit : « Ca y est, vous avez compris ?
Même petits riquiquis, il y a des gens ici.
Et leur monde a été sauvé par le plus petit ! »

« C'est vrai, c'est bien vrai ! cria le grand kangourou.
Et Horton, tu sais ce que je vais faire des Zous ?
Je vais les protéger comme toi, ces bouts de chou ! »
Et le bébé kangourou dans sa poche répéta...

« Chou-chou ! »
« Je les protègerai du soleil étouffant,
Je les protègerai de la pluie et du vent
Finalement, qu'ils soient petits ou grands,
Ce n'est décidément pas important ! »